六歳の俳句

孫娘とじっちゃんの十七音日記

かとうゆみ　加藤宙

光文社

目次

構成・加藤賢治
装丁・フィールドワーク（岡田ひと實）
カバー装画・長谷川義史

六歳の俳句

——孫娘とじっちゃんの十七音日記——

はじめに

ゆみちゃんは今、小学四年生。

将来の夢は「舞妓はん」になること。

そして、ゆみちゃんは、俳句をつくることがとても上手です。

小学校一年生の冬につくった俳句を、新聞の俳句のコーナーに投稿したところ、それが選ばれて掲載されてしまいました（62ページ、124ページ）。

恥ずかしかったけれど、ちょっとだけうれしかったことをおぼえています。

そのときから、おじいちゃんに教えてもらいながら俳句をつくるようになりました。

でも、ゆみちゃんは俳句も好きだけれど、本当は友だちと遊ぶことのほうがもっと好きなふつうの女の子です。

五歳には五歳の、十歳には十歳の言葉があります。その年齢にしかわからない気持ち、感性があります。俳句とは基本的にそれを五七五、十七音の形にした詩なのです。子どもと家族の何気ない言葉のやりとりのなかに、すてきな言葉が見つかったとき、それを詩にして残しておく——。

この本が、少しでもそんな俳句づくりのきっかけになってくれたら幸いです。

二〇二三年夏

いもうとにもうすぐあえるチューリップ

六歳のときに詠んだ俳句です。このとき、ゆみちゃんは小学校に入学したばかり。でも、入学式はすませたものの、この年にはやりだした新型コロナウイルスのために小学校は休校。学校がはじまるまで、ゆみちゃんはおじいちゃんの家に遊びにきていました。

春、庭にはチューリップの花がたくさん咲いていました。

学校に行けずちょっとさびしかったけれど、うれしいことが待っていました。それは、ゆみちゃんに二人目の妹が生まれようとしていたことです。

ゆみちゃんは一番上のお姉ちゃん。妹は「あまね」ちゃんといいます。

お母さんの話では、おなかの赤ちゃんは女の子。これは〝大事件〟です。

ゆみちゃんはこのときの気持ちを、あとでこう書いています。

《うちに二人目の赤ちゃんがもうじき生まれる。家はお父さん、お母さん、妹1、わたし、新しい妹の五人家族になります。その当時は、今までの人生で一番心が動いたときだと思っています。

わたしは、赤ちゃんがそろそろ生まれるかもというときに県外のおじいちゃん、おばあちゃんの家に泊まっていました。

そこでは、毎日のようにお父さんに電話で「まだ生まれないの？」と聞いていました。ある日「まだ生まれないの？」と聞くと、お父さんは弾んだ声で「あと一時間」と言いました。そのときのことを俳句にしました。

わたしはそのとき混乱とうれしさで頭がおかしくなりそうでした。急にそんなこと言われて、緊張もありました。ちゃんと赤ちゃんにやさしくできるかな。二人のお姉ちゃんになれるかな。不安もありました。そんな思いも込めて俳句を作りました。》

ゆみちゃんは今年、小学校四年生になりました。妹のあまねちゃんは小学校一年生、このとき生まれた赤ちゃんは「りく」ちゃんと名付けられてスクスク育っています。

ゆみちゃんはどんなときに俳句を詠むのでしょうか。

《俳句を作るのは、わたしの見つけたものや見たものに心が動いたときです。それをおじいちゃんに伝えます。

なぜかというと、おじいちゃんは俳句の才能がたくさんあって、おじいちゃんにあこがれていたからです。しばらくはおじいちゃんの力を借りてつくろうと思ったのです。最近はまず自分で作ってからアドバイスをもらうようにしています。》

こうしてゆみちゃんの俳句づくりははじまりました。

季語＝チューリップ（春）

第一章　夏　びっくりまあくがすっとんだ

　ゆみちゃんは、海の近くに住んでいるおじいちゃんとおばあちゃんの家で生まれました。

　そのおじいちゃんの家で四歳まですごし、お父さんの仕事の関係でよその街に引っ越していきました。

　でも、夏休みになるとおじいちゃんの家に遊びにきて、長く暑い夏をこの家ですごします。

ぬけたはをやねになげたよこいのぼり

はじめての俳句からしばらくして、おじいちゃんにゆみちゃんから電話がありました。

「じっちゃん、上の歯が抜けたよ」

数日前からグラグラしていた歯が抜けてしまったというのです。

「抜けた歯はどうしたの？」

「屋根に投げたよ」

そこでおじいちゃんは「ぬけたはをやねになげたよ」とゆっくり何度もくりかえしました。

「ぬけたはをやねになげたよ――このうしろに五つの言葉をつけてごらん。屋根の近くには何か見えるかな」

「……白い雲」

「お空には雲だね。屋根のところには他に何がある？」

「こいのぼり！」

はずんだ声でした。

「ぬけたはをやねになげたよこいのぼり」は、ゆみちゃんがつくった二つめの俳句となりました。

「こいのぼり」は夏の季語です。このときのゆみちゃんにはそんなことはわかりません。おじいちゃんといっしょに俳句がつくれたことがうれしかっただけでした。

その後、ゆみちゃんの歯は何度も抜けては、また生えてきました。でも、大丈夫。子どもの歯はあごが成長して大きくなると、そのあごにぴったりの歯が生えてくるんだって。

ぬけたはに秋かぜ出たり入ったり

季語＝こいのぼり（夏）、秋かぜ（秋）

かみなりやつくえのしたでダンゴムシ

ゆみちゃんはかみなりが大嫌いです。遠くの空からゴロゴロと音がすると、机の下にかくれてしまいます。

おや？　ダンゴムシを見つけたのかな。

いいえ、違います。からだを丸めて机の下にかくれた自分のことをダンゴムシと詠んだのです。

この俳句をつくった次の日の日記。

《しきしにはいくをかきました。
わたしのはんこがないので
いろえんぴつでかきました。

はいくをかいたのは
おしゅうじのふでです。
かいたはいくは
一ぎょうにっきにかいてある
〈かみなりやつくえのしたでダンゴムシ〉です。
はじめてふでをつかって
ドキドキしました。》

季語＝かみなり（夏）

ばあちゃんのおそばがうまいかぜすずし

夏休みのあいだ、宿題の一行日記を書くことになったゆみちゃんは、おじいちゃんと話し合って、それを俳句で書くことにしました。

それまで俳句をつくったことなんてありません。何をどうしたら俳句ができるのかわかりません。すると、おじいちゃんがこう言いました。

「毎日つけている絵日記のなかのことを書いてみたらどうかな」

《きょう、おじいちゃんとおばあちゃんのいえで、おばあちゃんのつくったおそばをたべました。おさしみもたべました。おそばもおさしみもとてもおいしかったです。おそばがもっとすきになりました。》

おじいちゃんはこう言います。

「この絵日記のなかのことで一番書きたいことは何かな。それを十二個の文字で考えてみようか」

そして〈ばあちゃんのおそばがうまい〉となりました。

この日、ゆみちゃんはおじいちゃんから『こども歳時記』という本をもらいました。歳時記には、四季の花々や行事、お天気や魚、動物など、季節をあらわす言葉がたくさん載っています。それを「季語」といって、俳句を作る人にはなくてはならない本なのです。

そして、『歳時記』のなかから、おそばを食べたときの気持ちにぴったりの言葉を選びました。それが「風涼し」。晩夏の季語です。そうしてできたのがこの俳句です。

ゆみちゃんは、俳句が五七五の十七の音で作られていること。そして、そのなかには原則として「季語」という季節をあらわす言葉が入っていなければならないことを勉強しました。

季語＝かぜすずし（夏）

はかまいりみんなげんきにしています

夏休みのあいだには、お盆があります。お盆にはかならず、ご先祖さまたちのお墓参りにいきます。この日は、ご先祖さまたちが家に帰ってくるので、お墓までお迎えにいきました。

最初、ゆみちゃんはどうしてお墓の前でみんなが手を合わせるのかがわかりませんでした。

それまではずっと、お墓はお化けがいるところで、こわい場所だと思っていたからです。だから、はじめてお墓参りのときはちょっといやだなと思っていました。でも、

「ここにはね、おばあちゃんのお父さんとお母さん。みー（ゆみちゃん）のひいじいちゃん、ひいばあちゃんが眠っているのよ。みーがいまどうしているのかお知らせするといいわね」

おばあちゃんが教えてくれました。しばらくお墓の前で手を合わせていたゆみちゃんは、おばあちゃんに言いました。

「みんな元気にしています、って言ったよ」

いつも夏のお墓参りは暑くて、アブラゼミが鳴いています。

持ってきたお花もお線香も供えました。

お墓のある山の上からは遠くに真っ青な海が見えて、お参りをしたあとの心を涼しくしてくれました。

家に帰る途中はいつも、ちいさな公園に寄ります。池のコイにエサをやり、アイスクリームを食べるのが楽しみです。

春のお墓参りは「彼岸」と言い、「彼岸」は春の季語です。秋の彼岸は「秋彼岸」と表現します。そして、ゆみちゃんが夏にいくお盆のお墓参りは、季節でいえば秋。「墓参り」「墓参」「墓洗う」などは秋の季語なのです。

季語＝はかまいり（秋）

夏の海わたしの名前に光ってる

七月二十六日はゆみちゃんの誕生日（たんじょうび）。

《今日はわたしのお誕生日の前の日だけど、
お昼ごはんでおいわいをしました。
明日（あした）はお父さんがしごとなので、みんなで、いわえないからです。
妹はピザ、わたしはすしを食べました。
いちばん気に入ったのはイクラです。
妹が「かんぱい」と言って、みんなでかんぱいしました。
とてもたのしい昼ごはんでした。》

この日、ゆみちゃんはおじいちゃんに誕生日の俳句をつくりたいと相談しました。

おいしいおすしをたくさん食べたので、大好きな鮪（マグロ）を詠みたかったのですが、残念なことに「鮪」は冬の季語だと、おじいちゃんは言います。

「じゃ、パパとママがつけてくれたゆみの名前はどうだろう。〝結海〟の海はどんな海かなぁ」

「七月生まれだから、夏の海！」

「そう、ゆみのパパとママは、みんなが楽しくなるような、みんなの気持ちをひとつにするような、やさしい海のような女の子になってほしいと思ったんじゃないかなぁ」

「――わかった！」

そう、名前には真夏の太陽に光り輝く「海」が入っているのです。

それがわたしの名前なんだ。

季語＝夏の海（夏）

そうぞうをたのしくおもうなつのくも

ゆみちゃんはお話をつくるのが得意です。

一年生の夏休みに『こわれたとけい』と『くねくね』というお話をつくりました。

『こわれたとけい』は、主人公のかんたくんがお父さんとお母さんと時計の修理をするお話。『くねくね』は絵を織り交ぜた言葉遊びのお話。

山みちがくねくね。
ひこうき雲がきえそうでくねくね。
トイレに行きたくてくねくね。

ゆみちゃんはよくこう言っていました。

「わたしはね、生まれる前はアリだったの」
人間も虫も死んだら何かに生まれ変わる——そう信じているのです。
日記にもこう書きました。

《わたしになるまでは、こんなものだったんだと思いました。
ティラノサウルスからカラスになって、
それからアリになって、今のわたし。》

とにかく、ゆみちゃんは本がとても好きな子です。小さいころから自分で選んだ絵本をおじいちゃんに読んで聞かせてもらっていました。なぞなぞやしりとりなどの言葉遊びも好き。たくさんの言葉を知っていることが想像力をたくましくしたのでしょうか。

この夏、入道雲を見てどんなことを想像したのでしょう。

季語＝なつのくも（夏）

しんじゃったいぬがきたんだくろあげは

おじいちゃんの家では、昔(むかし)、ゆみちゃんのお父さんが子どものころ一匹(いっぴき)の犬を飼(か)っていました。シェルティー種(しゅ)で「ティナ」という名前でした。

もちろんゆみちゃんはティナのことは知りません。でも、写真(しゃしん)を見てかわいいと思っていました。

この日、お墓参りから帰ったゆみちゃんは、庭(にわ)のカシワバアジサイのまわりを飛(と)んでいる一匹のクロアゲハを見つけました。

驚(おどろ)いたように声を上げました。

「あっ、ティナが帰ってきた！」

季語＝くろあげは（夏）

びょういんでぱんつまるみえなつやすみ

生まれたときから皮膚の弱いゆみちゃんは、いつもお母さんに薬をつけてもらっていました。

夏はとくに汗をかいたからでしょうか、おじいちゃんの家にきているあいだに皮膚が赤くなってしまいました。それで、おばあちゃんといっしょに病院に行きました。

《ひふかにいきました。おしりのあたりがかゆかったからです。
すかあとをめくられて、ぱんつにされてしまいました。とてもはずかしかったです。
そのあとおしりころころ（おしりに薬を塗られ、ガーゼを貼った状態）にされました。
それも、はずかしかったです。くすりをもらえて、よかったです。》

季語＝なつやすみ（夏）

かぶとむしわたしにしがみつかないで

ゆみちゃんはちいさいときから、カブトムシが大好きです。

三歳のときに連れていってもらった『せかいのかぶと虫展』の会場で、係のお兄さんに大きなカブトムシの角をもたせてもらってから大好きになりました。

でも、家ではカブトムシもカマキリも飼うことはできません。毎日エサをやったり世話をしないと死んでしまうからです。

夏休みのすこし前、学校からなかなか帰ってこないゆみちゃんを心配したお母さんが迎えに行くと、学校の近くの林のなかで、カブトムシをさがしていたそうです。

もちろん、お母さんには叱られました。

そんなに大好きなカブトムシですから、本当の気持ちは「しがみついてほしい」のかな。

季語＝かぶとむし（夏）

夏の雲ママの国までつづいてる

ゆみちゃんのお母さんは、お父さんと結婚するために外国から日本にやってきました。

お母さんは自分の国に帰るためには何時間も飛行機に乗らなくてはなりません。国のおじいちゃんやおばあちゃんに会いたくなっても、そう簡単には帰れないのです。

ゆみちゃんは生まれてから二度、お母さんの国に行ったことがあります。

お母さんは、自分の国に帰りたいんだろうなと、ときどき思うことがあります。

夏の雲を見ていると、お母さんと雲に乗って飛んでいきたいと思いました。

お母さんの国と日本は、広い海をはさんで遠くはなれています。

海と海を結べたら――〝結海〟という名前には、そんな思いもこめられているのです。

季語＝夏の雲（夏）

さわやかやかぜがかかあてんもちあげる

春休みと夏休み、ゆみちゃんはおじいちゃんの家にきたときは、できるだけ規則正しい生活をするようにと「にっかひょう」をつくります。

朝は六時に起床。ラジオ体操をしてから朝ごはん。

八時半からおじいちゃんとお部屋の掃除をします。ふたつある階段に掃除機をかけるのがゆみちゃんの仕事。一年生のときは掃除機も重かったけれど、いまは重くありません。

それから宿題などのお勉強。

おばあちゃんの作ってくれた昼ごはんを食べてからは、二階のベランダに朝から水をはってあたためておいたビニールプールで遊びます。

みずあそびかけられたからやりかえす

一年生のときにつくった俳句です。二歳下のあまねちゃんと水遊びをしている様子を詠みました。

おじいちゃんの家から自動車で十分ほどのところに海水浴場もありますが、プールのほうが好きみたい。

プールで遊んだあとはお昼寝の時間。二階の部屋は海から吹いてくる風がよく通り、クーラーがいらないほどです。

いつも横になっておじいちゃんとなぞなぞなどをして遊んでいるのですが、先に寝てしまうのはおじいちゃん。

眠くなってきた顔に、白いレースのカーテンがダンスを踊るようにかかります。

そのうち、ゆみちゃんの寝息が聞こえてきました。

季語＝さわやか（秋）、みずあそび（夏）

かれんだあはんぶんだけのなつやすみ

ゆみちゃんが小学校一年生になったときの夏休みは、わずか三週間。せっかく入学式ができたのに、次の日から学校はお休み。そのうえ楽しみにしていた夏休みは半分になってしまって、あっと言う間に終わってしまいました。

全部、コロナウイルスのせいです。

だから、こんな俳句をつくりました。

なつのくもコロナウイルスやっつけろ

だって、ゆみちゃんはコロナのせいでとても大変な思いをしたのです。

コロナがはやりはじめたその年の一月のことでした。

妹のあまねちゃんをつれて自分の国に帰っていたお母さんが、日本に帰ってこられなくなってしまったのです。コロナのために突然、乗るはずの飛行機が飛ばなくなってしまったからです。

お父さんは大使館や航空会社に毎日電話をしていました。おじいちゃんもおばあちゃんもとても心配していました。そしてやっと帰ってくることになった日、ゆみちゃんは、お父さんといっしょに、成田空港までお母さんとあまねちゃんを迎えにいきました。

いくら待っていても、なかなか二人の姿が見えません。やがて出口から走って出てきた妹を見つけるとゆみちゃんは駆けよって、マスクをつけたまま抱き合って泣きました。

そんな大変な思いをしたのに、楽しいはずの夏休みも半分になってしまった。

だから、夏の雲にお願いをしたのです。

季語＝なつやすみ（夏）、なつのくも（夏）

いなびかりびっくりまあくがすっとんだ

庭でなわとびをしていると、遠くでゴロゴロという音が聞こえました。かみなりです。ゴロゴロも嫌いだけれど、あのピカッと光るいなびかり（稲光）はもっと嫌い。あわてて家のなかに飛び込んで机の下にもぐりこみました。そのときです。ピカッと稲光がはしりました。その瞬間、暗い部屋のなかがあかるくなって、頭の上をビックリマークがものすごい勢いでとんでいきました。稲光は秋の季語だと、おじいちゃんに教えられましたが、ゆみちゃんの耳には入りませんでした。

じょうざいをのんでにがくてかみなりだ

季語＝いなびかり（秋）、かみなり（夏）

あきたるしきしにはいくかいている

八月がはじまったばかりなのに、おじいちゃんはカレンダーを見て「もう秋か」といいました。

「うそでしょ！」

だって水遊びだってしているし、夜だって暑くてなかなか眠れない。それなのにもう秋なの？　それも、今日から……。節分の次の日から「春」になるように、カレンダーでは「春」「夏」「秋」「冬」が決まっているのだと言われても、ゆみちゃんにはよくわかりませんでした。おじいちゃんにもらった『こども歳時記』を開くと「あききたる」と同じように「はるきたる」も「なつきたる」も「ふゆきたる」もありました。

だから、まだ暑い八月だというのに、カレンダーの上ではもう秋なのです。

季語＝あききたる（秋）

なつやすみおわったむしがないている

短（みじか）い夏休みは終わりました。今日は、お父さんが迎えにきてくれる日です。夏休み最後（さいご）の日の夜、日記にこう書きました。

《8月21日　金曜日
しょうがっこうはじめてのなつやすみは、ひたちのいえですごしました。

そのなかでいちばんいんしょうにのこったのは、りくのたんじょう一〇〇日のおいわいに、きものをきてきねんさつえいしたことです。

きょうのばんごはんはおすしでした。

ひたちで22日かんのはじまりはせみがないていたのに、さいごの日にはむしが「ちっちっちっ」とないていました。》

季語＝むし（秋）

第二章　ひかり　これがさいごのせきがえか

季節は秋から冬（ふゆ）、そして春へと移（うつ）り変（か）わっていきます。
ゆみちゃんの俳句にも、季節と同じように変わっていく
少女の心が詠まれていきます。

ひぐらしやしあわせだった一か月

夏休みが終わりおじいちゃんの家から戻ったゆみちゃんの耳には、しばらくヒグラシの鳴(な)く声がひびいていました。「カナカナカナ……」と、まるで輪唱(りんしょう)をするようにきれいな声で鳴くヒグラシは、もうすぐ秋がやってくるのよと、教えてくれているようです。

ヒグラシはどんな思いで鳴いているのでしょう。ゆみちゃんは、おじいちゃんの家ですごしたしあわせな夏休みを思い出し、ヒグラシと自分とを重(かさ)ねていました。

「セミ（蟬）」は夏の季語だけれど、「ホーシーツクツク」と鳴く「ホウシゼミ」や「ヒグラシ（蜩）」は秋の季語です。ヒグラシも鳴きやむと、すっかり秋の気配(けはい)が漂(ただよ)ってきます。

虫の声大きくなってセミこいし

季語＝ひぐらし（秋）、虫の声（秋）

学校のはじまる朝に秋の雨

ゆみちゃんにとって小学校の生活は、すべてコロナウイルスのためにすっかり変わってしまいました。入学式を前にした春休み、ゆみちゃんはおじいちゃんの家にいました。

「新しい教科書を読んでみようか」

おじいちゃんが、ゆみちゃんにそう言うと、ゆみちゃんは「だめ！」と言います。

「これは学校に行ってからはじめて見るんだよ。先生や友だちと一緒に勉強するんだから」

そんなに楽しみにしていた小学校の生活なのに、入学式の翌日から休校。やっとはじまったと思ったら音楽や体育の時間も制限され、一年生のときの運動会は中止。給食だって、ただ黙って前を向いて食べるだけ。友だちとおしゃべりもできませんでした。

短くなった一年生の夏休みも終わり、新学期がはじまるのに、その日は冷たい雨でした。

季語＝秋の雨（秋）

マスクする水えいコーチそぞろさむ

ゆみちゃんの生まれたおじいちゃんの家は、海のすぐ近くにあります。おじいちゃんのお母さんも、そのお母さんのお母さんも海の近くの家に生まれて育ちました。

ゆみちゃんのお父さんは海が大好きで、子どものころ、海に遊びにいくとなかなか帰ろうとしなかったそうです。

ゆみちゃんは小学校に上がったころ、水泳が苦手でした。スイミングスクールに通うようになっても息つぎがうまくできず、クロールで十五メートル泳げるともらえる十二級になかなか合格できませんでした。妹のあまねちゃんが同じスクールに入ったので、ゆみちゃんは追いぬかれてしまわないかと心配です。

そのスイミングスクールも、コロナがはやっていたときは閉鎖になっていました。そして、少しずつ通えるようになったときにゆみちゃんが詠んだ俳句がこれです。

プールサイドで見守ってくれているコーチの先生のかけているマスクの白さがゆみちゃんにはとても寒そうに思えました。

この句の季語は「そぞろさむ（そぞろ寒）」で、秋。それもずいぶんと寒くなって秋も終わりのころをあらわします。そして「そぞろ」には「何となく」とか「わけもなく」という意味があります。

秋の終わりのころですから風も冷たくなって、そろそろ冬の寒ささえ感じます。でも、この「そぞろ寒」という言葉は、じっさいに感じる寒さより、「ああ、何となく心が寒く感じるなぁ」と、心に受けとめて感じる寒さをあらわしているのです。

このとき、二年生。

「わたし八年しか生きてないのに、三年もコロナだったよ。五年しか生きてないよ」

おじいちゃんとのLINEのなかでゆみちゃんは言っています。

ゆみちゃんのこのときの気持ちをあらわすには、この季語がぴったりだったのでしょう。

季語＝そぞろさむ（秋）

はしりおえマスクにもどるうんどう会

　コロナがはやっているなかでの運動会。一年生のときは中止でしたが、二年生では行われました。

　全学年が紅組と白組にわかれての対抗戦。ゆみちゃんは白組で、五十メートル走やダンスに参加。ハートはぴったんこ競争でもがんばりました。でも、走りおわるとまたすぐにマスクをしました。

　友だちが走るときには、大きな声で応援はできませんでしたが、拍手をしたり足ぶみをしたりして、一生懸命に応援しました。

　ゆみちゃんは六年生の応援団長がかっこいいと思いました。

　この俳句は、運動会の日の夜にゆみちゃんがおじいちゃんに電話をしたときにつくった

ものです。最初は、

〈はしったらマスクにもどるうんどうかい〉でした。

おじいちゃんは感心しました。

「〝マスクにもどる〟か……いいねぇ。でも〝はしったら〟は話し言葉だから、あまりかっこよくないなぁ。ゆみは直せるかな」

その夜はそれで電話をきりました。すると翌日、ゆみちゃんからおじいちゃんにＬＩＮＥが届きました。たった一行、こう書いてありました。

「はしりおえ、でどう？」

おじいちゃんはちょっとびっくりしました。俳句をつくりはじめてまだ二年なのに、とても上手に直したからです。きっとこの子は言葉の感覚がすぐれているのだ——。祖父バカだと笑われてもいい。おじいちゃんは、そう思いました。

この句も新聞の俳句欄に投稿し、選ばれた一句となりました。

季語＝うんどうかい（秋）

はるちかしこれがさいごのせきがえか

冬休みが終わると三学期。ゆみちゃんの学校では新学期のたびに席替(せきが)えがあります。でも、冬休みのあとの三学期は、二年生になる前の最後(さいご)の時間。この一年で仲良(なかよ)しになったお友だちと、また隣(となり)の席になれるといいな。

とくにゆみちゃんには、その思いが強(つよ)くありました。

なぜなら、ゆみちゃんは入学してすぐに、クラスに三十人いるお友だちの名前をぜんぶおぼえてしまいました。それなのに、臨時(りんじ)休校。

そして、やっとはじまった学校に通えるようになって、短い夏休みをすごしたと思ったら、もう二学期。その二学期もあっという間にすぎてゆきました。

三学期の始業式(しぎょうしき)の日、ゆみちゃんは気分が悪(わる)くなって保健室(ほけんしつ)でやすませてもらっていました。気分が悪くなった理由(りゆう)を聞いた先生は驚(おどろ)きました。

「だって、みんなとたくさん遊んだりもお勉強もしていないのに、もう席替えなの？」ゆみちゃんには、もうじき二年生になるんだという期待より、この学期がお友だちとすごす最後の時間になるかもしれないというさみしさでいっぱいだったのです。入学してすぐ、せっかくおぼえたお友だちの名前なのに、その名前を呼び合って仲良しになれたと思ったのに……。その気持ちがこの句にはあらわれています。

幼稚園のときの発表会の劇のせりふも、自分の分だけでなくほかの子のせりふもぜんぶ言えてしまったり、妹の幼稚園のお友だちの名前だっておぼえてしまう。ゆみちゃんはそんな少女です。

最後の席替えはちょっとさびしくショックだったけれど、でも、春はもうすぐです。

季語＝はるちかし（冬）

一年生と手をつなげないかんげいかい

ゆみちゃんは二年生になりました。

担任の先生もお友だちも変わりました。

二年生になったゆみちゃんが楽しみにしていたことがあります。それは「一年生かんげいしゅうかい」です。

毎年おこなわれる行事のひとつで、二年生が入学したばかりの一年生と手をつないで体育館に入場するのです。ゆみちゃんが入学したときはコロナのためにできませんでした。

だから今年こそ——そう思っていたゆみちゃんでしたが、この年もできませんでした。

一年生と手をつないで安心させてあげたかったなぁ。だって、ゆみちゃんも入学したときは不安だったから。

季語＝一年生（春）

しんきゅうしあそべぬゆうぐふえていく

ゆみちゃんは二年生になって気づいたことがたくさんありました。

妹のあまねちゃんとペーパークラフトの本を買いに大きな本屋さんに行ったときのことです。お目当ての本はすぐに見つかり、あまねちゃんも「めいろ」の本を買ってもらって大喜び。

その本屋さんの絵本売り場には、ちいさなジャングルジムとすべり台が置いてありました。さっそく靴を脱いで遊ぼうと思ったゆみちゃんは、目のまえの一枚の貼り紙に気づきました。

「小学生からはあそべません」

小学生になってあそべる遊具がふえたのに、あそべない遊具もふえたんだ。

季語＝しんきゅう（春）

そつぎょうせいもうおしえてもらえない

六年生が卒業していきます。

なわ跳びが苦手だったゆみちゃんでしたが、ある日、校庭でひとりでなわ跳びの練習をしているゆみちゃんを見て、話しかけてきてくれた女の子がいました。

六年生のお姉さんです。名前を「ゆうか」ちゃんといいました。

「ね、こうすると上手にできるわよ」

ゆうかちゃんは、クルクルと上手になわを回してピョンピョンと跳びました。

このころのゆみちゃんは、ちょっと人見知りをする子でした。知らない人に話しかけられないし、また、話しかけられると恥ずかしくなってしまう。でも、ゆうかちゃんに声をかけてもらったことは、とてもうれしい出来事でした。

季語＝そつぎょうせい（春）

にじゅうとびとべたらかぜのおとがする

その日から、休み時間のたびに校庭でゆうかちゃんになわ跳びを教えてもらうようになり、ゆみちゃんはあや跳びとこうさ跳びができるようになりました。

学級対抗の8の字跳び大会があったときも、六年生が教えてくれました。

ゆうかちゃんは昼休みにゆみちゃんの学級にきてもくれました。みんなにやさしく声をかけてくれて、いっしょに粘土で雪うさぎを作ったりもしました。はじめは緊張していましたが、いつしかゆみちゃんのほうからも、ゆうかちゃんに声をかけられるようになっていました。

そのゆうかちゃんも卒業してしまいます。

春は新しい出会いと同時に、お別れのときでもあるのです。

季語＝にじゅうとび（冬）

さわやかいもうとはしるしんけんに

ゆみちゃんは二年生の夏にスマホを買ってもらいました。スマホをつかう時間や場所をきめたり、お金のかかるアプリはいけないとか、お父さんとたくさん約束をしました。スマホを持ってからは、おじいちゃんとＬＩＮＥで連絡をとる時間が多くなりました。朝はかならず「おはよー」にはじまり、学校に行くときは「いってきまーす」、寝るときは「おやすみー」のメッセージをスタンプといっしょに送ります。

二年生の秋、あまねちゃんの運動会にお父さん、お母さんといっしょにでかけました。二歳はなれた妹の幼稚園での最後の運動会です。あまねちゃんも運動が苦手。園の持久走ではいつもいちばん後ろです。園長先生が付きそって走ってくれます。

この日の運動会の徒競走でも、障害物競争でも、いちばん後ろを走っていました。

その日の夜、ゆみちゃんがスマホで撮影した運動会の動画が、ＬＩＮＥでおじいちゃんに送られてきました。お母さんの「あまね、がんばれ～！」の声も聞こえています。撮影しながらゆみちゃんが言っています。

「あいかわらずだけど、泣かないで走っているからいいよね」

徒競走のスタートからゴールまで、あまねちゃんが一生懸命に走る姿が映っていました。

メッセージが添えられていました。

《あまねがね、最後まであきらめないで一生懸命はしってたんだよ。

あまね、ほんとうに真剣な顔してた。み～泣いたよ。感動した。》

ゆみちゃんはスマホで撮影していたとき、手がとても痛くなりました。

ゆみちゃんの涙顔のスタンプもついていました。そして、こんな句も詠みました。

きがかりな妹入学しきまぢか

季語＝さわやか（秋）、入学しき（春）

おはらいにしあわせばっさばさ七五三

十一月十五日、七歳のゆみちゃんは七五三のお祝いをしました。

前の夜から、おじいちゃんとおばあちゃんが家に泊まりにきてくれていました。

朝ごはんを食べ終わるとすぐに、ゆみちゃんは着物を着せてもらいました。その着物は、おばあちゃんが七歳のときに着たものです。それを大切にとっておいたのですが、おじいちゃんとおばあちゃんには女の子がいませんでした。

ゆみちゃんのお父さんが長男で、その弟が、ゆみちゃんの叔父さんです。だから、おばあちゃんは、ゆみちゃんが生まれたときからこの日を待っていたのです。

「できたわよ」

おばあちゃんが背中の帯をポンとたたいて言いました。

「かわいいわ～」

ゆみちゃんは、その着物がとても気に入りました。おばあちゃんの着物だからというだけではありません。そのとき読んでいた『鬼滅の刃』の〝ねずこ〟（竈門禰豆子）の着物の色と似ていたからです。

ゆみちゃんはうれしくて、部屋のなかを何度もくるくる回りました。振り袖がひらひらしていました。

写真屋さんに行って、家族みんなで写真を撮りました。はじめてしてもらったお化粧。口紅は甘くていい匂いがしました。

お父さんの運転する車で近くの神社に行っておはらいをしてもらいました。おはらいをする神主さんが、何かをぶつぶつ言っているのだけれど意味がさっぱりわかりません。

それに、おはらいのときに〝ばっさばっさ〟と振り回す白い紙のついたおはらい棒がおかしくて、つい、あまねちゃんと顔を見合わせてクスクスと笑ってしまいました。

帰りに神主さんから千歳飴をいただきました。

季語＝七五三（冬）

いもうとをむかえにいくぞ冬のみち

七歳になったゆみちゃん。最近はあまねちゃんとのけんかも少なくなりました。あまねちゃんの下にもうひとりの妹りくちゃんが生まれ、すっかりお姉ちゃんらしくなりました。あまねちゃんが生まれたとき、まだ二歳のゆみちゃんは、生まれたばかりの赤ちゃんに「よろしくね」と話しかけました。りくちゃんが生まれたときは「りくが生まれた、りくが生まれた」と部屋中を躍りまわりました。

あまねちゃんが幼稚園に通いだすと、お母さんとお迎えにいきます。

この俳句には、あまねちゃんを迎えにいくときの気持ちが詠まれています。

「寒い道だけれど、わたしを待っていてくれるあまねちゃんを迎えにいくんだ」という強い思いが「むかえにいくぞ」によくあらわれています。

季語＝冬のみち（冬）

妹にプレゼント買う四日かな

長い休みをおじいちゃんの家ですごすあいだの、ゆみちゃんの日課のひとつにお掃除があります。一階と二階の床と階段をモップと掃除機できれいにします。その「アルバイト代」は一回二十円。それを貯金箱にいれておいたら三年ちかくで三千円をこえました。一月末はあまねちゃんの誕生日。新年早々のお買い物は、あまねちゃんが前からほしがっていた〝コーヒーショップ〟というおもちゃ。それを買うと、ゆみちゃんが大切にためていた貯金はほとんどなくなってしまいました。この俳句の季語は「四日」。新年の季語です。季語は季節によって、春、夏、秋、冬、そして新年にわけられています。

新年は、元日から七日までは毎日が季語となります。だから、「四日」も季語なのです。

季語＝四日（新年）

大吉の妹ねたむ初みくじ

妹思いのゆみちゃんですが、悔しいときもあります。

近所の神社に新年のお参りに行っておみくじを引いたら、あまねちゃんは「大吉」。ゆみちゃんは「吉」でした。

よく読んでみればそんなに悪いことが書かれているわけでもないのに、ゆみちゃんには妹の「大吉」がちょっぴりうらやましかったのでしょう。

それでも姉妹で仲良く、境内の木の枝におみくじを結んで帰りました。

この句の季語は「初みくじ」です。新しい年の初めに神社などで引くおみくじのことをいいます。では、おみくじ（みくじ）も季語になるかというと、それは季語にはなりません。おみくじは一年中引けるからです。

季語＝初みくじ（新年）

ぜんいつのあたまみたいだだてまきは

「明けましておめでとうございます。今年もよろしくお願いします」

正月のあいさつが終わり、三段になったお重のふたがとられました。おせち料理です。

ゆみちゃんがいちばん好きなのは松前漬け。二番めが伊達巻き。三番めは昆布巻きです。

そこでゆみちゃんが詠んだのがこの俳句です。

ところが、おじいちゃんには何を詠んだのかさっぱりわかりません。

「ぜんいつ、ってなぁに？」

ゆみちゃんはｉＰａｄのなかの「Ｓｉｒｉ」を使って「ぜんいつ」を探し出しました。

その〝ぜんいつ〟の髪の毛の色を見て、おじいちゃんはナルホドと思いました。

〝我妻善逸〟――『鬼滅の刃』の登場人物だったのです。

季語＝だてまき（新年）

かーてんのうらにかくれてあたたかし

ゆみちゃんは、よく妹のあまねちゃんとおじいちゃんと三人でかくれんぼをして遊びます。これはその日の日記です。


《あまねとじっちゃんとかくれんぼをしました。とてもせまいところにかくれました。カーテンのうらからいすのうらへ、かくれるばしょをかえました。そのときはとてもきんちょうしました。ひさしぶりなので、たのしさが「ばい」でした。わたしは四回やるうち一回も鬼(おに)になりませんでした。

鬼になると二十秒かぞえ、さいしょに見つかった人が鬼になるルールです。

わたしはぜんぶさいごに見つかりました。だから鬼になりませんでした。》

季語＝あたたかし（春）

かばのせにはりつくさくら五六まい

ゆみちゃんの春休みのひとつは、おじいちゃんの家から車で十五分ほどの距離にある動物園に行くこと。何度も来たことのある動物園ですが、桜が咲いている季節に来たのははじめてでした。ここでの楽しみは、黄色いニシキヘビを首に巻いてもらうこと。みんな「キャーッ」と言って逃げてしまうのに、ゆみちゃんだけは平気。
でも、この日は大好きなニシキヘビもウサギもモルモットも、檻の外に出ていません。しかたなくヤギにエサをあげることにしました。ヤギにニンジンを食べさせようと手を伸ばすと、ヤギがゆみちゃんの手をペロリとなめたので、さすがのゆみちゃんも思わず「キャーッ」と声をあげました。春風に桜の花びらが舞い、カバの背にふりかかっていました。

季語＝さくら（春）

冬の日のいかりは赤いチョコレート

小学校二年生になったあたりから、ゆみちゃんの俳句には妹のあまねちゃん、りくちゃんが登場してきます。

「おねえちゃんなんだから、我慢しなさい」

ゆみちゃんがわがままをいったとき、お母さんに言われます。あまねちゃんとけんかしたときも「おねえちゃんなんだから……」と叱られます。何度もいわれるとゆみちゃんも我慢できません。――どうして私ばかり叱られるの。

そんなときは宿題も手につかなくなるし、本を読んでも頭に入ってきません。悔しくて悔しくてたまりません。そんな思いの俳句です。

でも〝赤いチョコレートのような怒り〟って何でしょう。

ゆみちゃんは、バレンタインデーにお母さんといっしょにつくったチョコレートを思い出していました。

（私の怒りは、まるでお鍋の底でふつふつと溶けているチョコレートのようだわ。）

この「○○のよう」という表現を「比喩」といいます。

「比喩」とは、何かを表現したり伝えたりするときに、あえて他の事柄にたとえて表現する方法のことで、俳句をつくるときにつかう大切な技法のひとつです。ゆみちゃんは、自分の「怒り」を「赤いチョコレート」と表現しました。

この俳句は、その比喩が上手につかえています。

妹へのくやしさこもるふとんかな

なかなかゆみちゃんの怒りはおさまらないようです。

季語＝冬の日（冬）、ふとん（冬）

がじょう書く会えぬいとこに会えるよう

ゆみちゃんには大好きないとこがいます。お父さんの弟（叔父さん）の子で、名前はゆうきくん。ゆみちゃんと同じ歳で、神奈川県に住んでいます。ゆうきくんと会えるのは、おじいちゃんの家にゆうきくんが遊びにくるお正月や夏休みだけで、一年に二回か三回。女きょうだいのゆみちゃんにとって、ゆうきくんはたったひとりの男の子の親戚。趣味も男の子っぽく、鉄道が大好き。だから、ゆうきくんの話を聞くのが好きなのです。

ゆうきくんがおじいちゃんの家にきたときは、よく一緒にお風呂にも入りました。

ゆうきくんわたってくるかな冬の虹

妹といとこと遊ぶはつゆかな

季語＝賀状・がじょう（冬）、初湯・はつゆ（新年）

第三章　いのち　みみずにかかれ春の雨

ゆみちゃんの俳句には、
動物がたくさん出てきます。
そして、その動物たちはみんな、
とても弱い動物たちばかりです。

こくどうにぞうきんみたいなたぬきかな

冬休みがはじまりました。

ゆみちゃんは、家まで迎えにきてくれたおじいちゃんと、三時間の道のりをドライブしていました。行き先はおじいちゃんの家。ふだんは車酔いをするのですが、この日は助手席でご機嫌。おじいちゃんとしりとりをしたりしながら国道を走っていました。

山道に入り遠くに海が見えてくると、おじいちゃんの家に到着です。道は年末のためか混んでいました。すると前を走っていた車が急にハンドルを右にきりました。

「あぶないなぁ」

おじいちゃんはそういって同じようにハンドルをきりました。そのとき、ゆみちゃんは道路に落ちている黒っぽい〝かたまり〟のようなものを見つけました。おじいちゃんは、そのかたまりをひかないようにハンドルをきったのです。

「イヌ、かなぁ」

「タヌキだね」

おじいちゃんがつぶやきました。何回も車にひかれたのでしょう。生きていたときの丸いふくらみはなくペッチャンコでした。そのあと、家に着くまでゆみちゃんはずっと黙っていました。

そして、数日して詠んだ俳句がこれでした。お正月をすごしたゆみちゃんが、お父さんとお母さんの待つ自宅に帰る前日、葉書（はがき）に書いて朝日（あさひ）新聞の「朝日俳壇（はいだん）」に投稿（とうこう）しました。

令和三年一月二十四日・日曜日の新聞の俳句欄に、ゆみちゃんの俳句が選ばれました。

「評　交通事故死した狸。比喩が率直的確。作者は七歳」（高山れおな選）

ゆみちゃんの記念すべき入選（にゅうせん）第一作になりました。

季語＝たぬき（冬）

虫の足はこんでいくよありの足

「山笑う」「山滴る」「山眠る」――ゆみちゃんがおじいちゃんに教えてもらった春、夏、冬の季語です。この季語を知ってから、ゆみちゃんは山をよく見るようになりました。すると、季節によって山の姿が変わっていくのがわかるようになったのです。つまり、「見える」ものが変わってきたのです。俳句を詠むようになると、日々、移り変わりゆく自然の姿に敏感になるのかもしれません。それまで見逃していたものが見えるようになってくる――。この俳句もそうして見えてきた景色を詠んだ一句と言えるでしょう。

死んでバラバラになった虫の足をはこんでいくのは、同じ虫のアリ。そのアリの足にだけ焦点をしぼって詠みました。ちいさな命にも心が動きます。

わざとふむありのいのちがもったいない

季語＝あり（夏）

ゆっくりと見たり聞いたりカタツムリ

忙しく生活していると大切なものをつい見すごしてしまうことを、ゆみちゃんは知っています。それは、俳句を詠みはじめてから気づいたことのひとつでもあるのです。

【わたしにとって俳句とは】

俳句をつくることはわたしに合っていると思います。幼稚園のころから、まわりの友だちが急いで動いていても、わたしはゆっくり動いていました。小学校に入ったころ、気づいたら、みんなに遅れて一人で歩いていたこともあります。

走っている友だちは、いろんなものを見逃してしまうため、わたしが、「今日は屋根に霜が降りた」「今日は昨日と空の色が違っていた」ということを発見しても、友だちは「いつもそんなに変わらない」と言います。

「走っていたら発見できることは少ない」

これはゆっくりと見たりきいたりしなければできないことです。〈次ページにつづく〉

走って俳句ができるかと考えたら、できないと思います。風が冷たい、暑い。それくらいしか発見できないからです。

そして詠んだのがこの句です。

《これは、学校に行く朝に見た景色(けしき)をよみました。わたしは忙しいけれど、カタツムリはいつもゆっくりしているので、いろんなものが聞こえたり見えたりしています。私もゆっくりと見たり聞いたり考えたりしたいなぁと思いました。》

この句も令和三年八月八日の「朝日俳壇」に選ばれました。

「カタツムリの動きではなく見たり聞いたりに着眼したところが斬新。味わいも深い」（高山れおな選第一席）

「『ゆっくりと』大きくなってほしい」（長谷川櫂選）

季語＝カタツムリ（夏）

いそいでるわたしのくつで虫がしぬ

最近は忙しい。その忙しさを、ゆみちゃんは自分にとってあまりいいことではないとわかっています。ある日のおじいちゃんとのＬＩＮＥには、こんな文章が残っていました。

《話したいけど、疲れていて。今日、学校で（来年入学する）あまねの視力検査や耳の検査。その間、外で待っていてつかれている上、（宿題の）漢字２ページ、計算プリント２枚。最悪。みんなは早く帰れるけれど、みーはいつもより帰るのが遅い。急いでごはん食べて、すぐ宿題。もうクタクタ》

ふだんなら虫好きのゆみちゃんは、歩いていても地面で動いている虫を見つけては道草をしています。でも、その虫さえ目に入らないみたい。

季語＝虫（秋）

しにかけたみみずにかかれ春の雨

ゆみちゃんがお友だちと屈んで、一生懸命に地面を見つめています。みんなでみているのはミミズ。暖かかった冬が早い春をはこんできて、ミミズも喜んで土のなかから出てきたのでしょうか。

でも、そのミミズは動けません。

みんなはミミズを「気持ちわるい」といいますが、ゆみちゃんはそう思いません。だってミミズは手も足もない動物だから。しかも目だってありません。「目見えず」から〝メミズ〟という呼び方をされ、そしてミミズになったんだそうです。

その話を知ってからは、ミミズのことがちょっとかわいそうになりました。

生きものの好きなゆみちゃんは、ちいさな生きものをつかまえて家で飼おうとしたことがあります。でも、家のなかではうまく育てられず最後まで面倒を見ることができないことも知っています。

カマキリを飼ったときなどは、しばらくしてお腹がふくらんできて、そのカマキリが雌だと思いました。家のカゴのなかで赤ちゃんを産んでもうまく育てられないと思い、すぐに近くの公園に放してあげました。

このミミズは、もうすぐ死んでしまうのかしら。ゆみちゃんは水筒の麦茶をすこしかけてあげました。

「麦は自然のものだから、いいんじゃないの」と友だちのお母さんが言いました。

ミミズがすこし頭をもちあげたような気がして、すこし安心しました。

お友だちと別れてその帰り道、暖かな春の雨が降ってきました。

もがいてるみみずをそっとおく日かげ

季語＝みみず（夏）、春の雨（春）、日かげ（夏）

みんみんぜみしにたくないとないている

朝からミンミンゼミが鳴いている夏休み。

ゆみちゃんは二階の窓(まど)から外のヒメシャラの木にむかって叫(さけ)びました。

「うるさいっ！」

ミンミンゼミがチッと鳴いて飛んでいきました。

その日、ゆみちゃんにはわかったことがあります。それはセミの一生(いっしょう)が「七年七日」だと言われていること。セミは卵から幼虫(ようちゅう)になったあと、土のなかにもぐり七年もすごします。そして地面から出てきて羽(はね)が生えた成虫(せいちゅう)のセミになったあと、わずか七日間しか生きられないのです。

それから、ゆみちゃんにはミーン、ミーンとうるさく鳴くセミの声が「しにたくない」「しにたくない」と聞こえるようになったようです。

ひぐらしやしあわせだった一か月

ゆみちゃんは、「死」とか「目に見えないもの」にたいしてなにか特別な感情をいだいているようです。

一年生のとき、アニメ『この世界の片隅に』や、犬が死んだあとに何度も転生して昔の飼い主に再会する映画『僕のワンダフル・ライフ』を、テレビで真剣に観ていました。

もともと、生まれ変わりには興味があって、自分の生まれる前の姿はアリだと思っているゆみちゃん。転生する犬の物語には大いに共感したのでしょう。

季語＝みんみんぜみ（夏）

うつせみのめだまがみてるだいうちゅう

「ハイ、おみやげ！」

外から帰ってきたおじいちゃんが笑いながら、ゆみちゃんの手にカラカラに乾（かわ）いた茶色いものを載（の）せてくれました。

「セミの脱（ぬ）け殻（がら）だよ」

そう言って胸（むね）にとまらせてくれました。

これまでもセミの脱け殻はゆみちゃんも見たことがあります。木の根（ね）っこのあたりにしがみついていたり、風に吹（ふ）かれて転（ころ）がっていたり。

夜、机の上に置いてよく見てみました。じっと見ていると、ポッカリと開いた目玉（めだま）の部分がどこまでも深（ふか）く、まるで吸（す）い込まれそうな錯覚（さっかく）におちいります。

おじいちゃんがゆみちゃんに教えてくれました。

「うつせみ、って言うんだよ」
漢字で書くと「空蟬（うつせみ）」。すてきな言葉だなぁと思いました。
夏も終わろうとしているその日の空には、星（ほし）がたくさん光っていました。

しんでいるせみのこころは空の上

ゆみちゃんは、「空蟬」という言葉を知ったあと、しばらく不思議（ふしぎ）な気持ちになっていました。すてきな言葉だなと思う一方（いっぽう）で、あのポッカリと開いた目玉のあとがなんとなく気になって仕方（しかた）がないのです。

おじいちゃんにその気持ちを話してみると、こんなことを言います。

「みーが感じたことは不思議でもなんでもないよ。セミの脱け殻は見たとおりなかが空（から）っぽだからね。昔から〝はかなさ〟とか〝むなしさ〟のたとえとしてつかわれてきたんだよ。
みーにはちょっとむずかしいかな」

季語＝うつせみ（夏）、せみ（夏）

花の下ではとをいじめるおねえさん

動物園は桜が満開。あたたかな春の風にチラホラと花びらが舞っています。

入り口近くのゾウが、舞い落ちてくる花びらを鼻ですくって食べているよう——ゆみちゃんにはそう見えました。

カバは池にもぐったまま姿をあらわしません。池のそばの売店のテーブルで休んだり、お弁当を食べたりする人がいました。その人たちの足元には何羽ものハトが、食べ物をねだりにやってきます。

「ねえ、ねえ」

ゆみちゃんがおじいちゃんの洋服を引っ張ります。ゆみちゃんが指さすほうを見ると、足元に寄ってきたハトを足をあげておどかしたり「シッ、シッ」と追い払っているおねえさんがいました。動物好きのゆみちゃんにはがまんできない光景です。

気がつかないうちに靴で踏んでしまっているムシの命や、車にひかれて道端に転がっているタヌキの命、おねえさんにいじめられているハトの命などに思いを寄せることのできる性格なのです。

ゆみちゃんは自分も友だちにイジワルされたときの気持ちを詠んでいます。

友だちにおいていかれた秋の夕
かなかなやいじめられてる一年生

上級生にいじめられている一年生の気持ちが痛いほどわかる気がしました。そして、それを見ても何もできない自分が情けなかったようです。

カナカナと悲しげに鳴いているヒグラシは、自分自身なのかもしれません。

季語＝花（春）、秋の夕（秋）、かなかな（秋）

にくきゅうのよろこんでいる春の土

おじいちゃんの家のちいさな花壇には、春になるとチューリップやビオラがきれいな花を咲かせます。ゆみちゃんはときどき雑草を抜くお手伝いもします。

この日は昨日の夜の雨で花壇の土が黒くなっています。春のひかりを浴びてホカホカとあたたかそうです。

遠くからウグイスの声が聞こえてきています。

「じっちゃん、ウグイスはホーホケキョって鳴くときと、チャッチャッって鳴くときがあるでしょ。どうしてなの？」

「いまはどう鳴いてるの？」

「ホーホケキョ、だけど」

「いつチャッチャッって鳴いてるのを聞いたの？」

「いつだったかなぁ……。でも、聞いたよ」
「みーが聞いたのは冬じゃないかな。ウグイスが『チャッチャッ』って鳴くのは秋や冬で、春には『ホーホケキョ』って鳴くんだよ」

さっそく『歳時記』で調べてみると、ウグイスは春の季語で、春が来たことを知らせる鳥だとありました。

梅の木にとまっているといいますが、見たことがありません。

窓から見ているとどこかの飼いネコが庭を横切っていきます。おじいちゃんは、ネコが花壇に入ってウンチをすると怒ります。

でも、ゆみちゃんは怒りません。

ゆみちゃんにはネコがあたたかくなった春を、自分の肉球から感じ取って喜んでいるように見えていたのです。

季語＝春の土（春）

白いねこ黒ねこ黄ねこ春のねこ

いつのまにか庭（にわ）に白いネコが迷（まよ）いこんできました。

餌（えさ）をあげたいのだけれど、このまま住（す）みつかれてしまっても困（こま）ります。どうやら飼（か）いネコみたい。お父さんが写真（しゃしん）を撮（と）って近所に聞いてまわりましたが、飼い主（ぬし）は見つかりません。

名前をつけてしまうと可愛（かわい）くて飼いたくなってしまうので、とりあえず「にわ」とか「にわちゃん」と呼ぶことにしました。

そのうち、黒いネコや黄色のネコもやってくるようになりました。「にわ」が連れてきたのかなぁ。春になるとよく姿を見せるし、うるさいくらいよく鳴いています。

この句を詠んで「春のねこ」が季語だということをはじめて知りました。

季語＝春のねこ（春）

ドキドキワクワクしたり、急に不安になったり、
わけもなく悲しくなったり……。
少女はいつも楽しげで、悲しげなものです。

第四章　少女　だれかにあげるためのかみ

日やけしてまいこはんにはなれまへん

ゆみちゃんの夢は「舞妓はん」になること。

そう思ったきっかけは、テレビでアニメ『舞妓さんちのまかないさん』を見たからです。京都・花街、舞妓さんたちが共同生活を営む「屋形」で働く十六歳のキヨちゃんの物語。ゆみちゃんは、まかないをつくる主人公のキヨちゃんにではなく、「舞妓はん」に憧れました。

すっかり舞妓さんの世界に魅入られたゆみちゃんは、お父さんにお願いして、アニメの原作となった二十二巻ある漫画を全部買ってもらいました。

日本の古い伝統を守るために、古くからあるしきたりや厳しいお稽古にも耐える舞妓さん。写真集だってお小遣いで買いました。そこには何もかもが美しい舞妓さんの世界がありました。

ふだんはオシャレなんて気にもしないゆみちゃんでしたが、それからは少し変わったようです。舞妓はんはきれいなメイクをしてるわ。それには肌がキレイでなきゃ——。

でも、日頃はすっかり舞妓さんのことも忘れてしまい、夏休みには毎日、庭のビニールプールで泳いで真っ黒に日焼けしてしまいます。

中学校を卒業するときになって、まだゆみちゃんが舞妓さんになりたいという夢を持っていたら、そのときは応援するよ、ってお父さんもお母さんも言ってくれています。

子どものころに見た夢をずっと持ちつづけ、大きくなって実現する子はそう多くはないでしょう。今はお父さんもお母さんも楽しみにしながら見守るばかり。

ゆみちゃんは最近、おじいちゃんとのＬＩＮＥのやりとりのなかで舞妓さん言葉のスタンプを使うようにもなりました。

「おきばりやす、ゆみちゃん」

季語＝日やけ（夏）

天高し今日からするぞダイエット

おいしいものが大好きなゆみちゃんと、おいしいものを食べさせることが大好きなおばあちゃんがいれば、結果はどうなるかはわかります。長い休みが終わって帰るころになると、やはり体重が気になってきます。毎晩、お風呂に入ってから乗る体重計に一喜一憂。

「ヤバイ！」

今夜もお風呂場にゆみちゃんの叫び声がひびいていました。

こうしてできたのがこの一句です。「明日から」ではなく「今日から」にしたところに固い決意がうかがわれるのですが……。

夏休みと冬休みのあいだに詠んだ句があります。

のどのおくつるつるすべるひやそうめん

とうもろこしあまいみずとつちとおひさまだ
さつまいもこれで一日がんばれる
やきいもは大ばん小ばんのあまさかな
フレンチトースト春のけしきみたい
あかみトロまぐろ大すき回ってこい

こんな句もありました。

なめくじの食べたトマトはおいしそう

なかなかダイエットは成功しそうにありません。

季語＝天高し（秋）、ひやそうめん（夏）、とうもろこし（秋）、さつまいも（秋）、やきいも（冬）、まぐろ（冬）、なめくじ（夏）、トマト（夏）

ほおずきや「ちかんちゅうい」の暗い道

おじいちゃんの家の庭には、ホオズキがあります。

夏休みのときには緑色をした「青ホオズキ」。それが冬休みに行ったときには赤くなっています。それがいつも枝のまま玄関に飾ってあります。皮をむくと宝石のようにつやつやしたかわいらしい実が出てきて、口に含むと酸っぱい味がしました。

「ホオズキは漢字で〝鬼の灯〟って書くんだよ」

それを聞いて、ゆみちゃんは驚きました。

なぜなら、通学路には草の生い茂った暗い道があって、そこに「痴漢注意」の立て札がたっています。そして、そのあたりには〝鬼の灯〟がたくさんあったからです。

ホオズキが色づくころになると、ゆみちゃんはいつも急いでその道を通り抜けます。

季語＝ほおずき（秋）

※食べられるのは食用のホオズキだけで、観賞用のホオズキは毒性があるので食べられません。

母がいない心が細（ほそ）くなった秋

ゆみちゃんのお母さんが赤ちゃんといっしょに散歩（さんぽ）に行ってしまいました。

いつもなら五分くらいで帰ってくるのに、今日は三十分たっても帰ってきません。ゆみちゃんはなぜだかとても悲しくなってたくさん涙がでてきました。

「大丈夫よ」

おばあちゃんの言葉でもっと涙がでてきました。ゆみちゃんは、どちらかといえば、さみしがり屋（や）さんで心配性（しんぱいしょう）。この日もお出かけしたお母さんを待って門（もん）の前で右を見たり左を見たり。おばあちゃんが手を握（にぎ）ってくれているのに、まだシクシクと泣いていました。

「みー、遅（おそ）くなってごめんねぇ」

お母さんが帰ってきたら、もっと涙がでました。

家をとびだしたくなったらブランコ

季語＝ブランコ（春）

冬の日や今がおちてく砂時計

「ただいまぁ！」

冬休み、おじいちゃんの家に来たゆみちゃんは、すぐに居間にある砂時計を見つけました。おじいちゃんが買ってきたものです。一分、三分、五分、十分、十五分、三十分と計れる時計が六つ。

ゆみちゃんは全部をいっぺんにひっくり返しました。それぞれの速さで色のついた砂が落ちていきます。

底に円錐形に積もっていく砂が静かに崩れていく様子をじっと見ていました。このときいったい何を感じていたのでしょう。

短い冬休みをふり返り、時間がこんなにも早く、まるで砂が落ちていくようにすぎていってしまうのかと……。そして「今がおちてく」という言葉を見つけだしたのです。

すべりだいも冬の休みもはやかった

これは一年生のとき、冬至の数日前に詠んだものです。少女時代、すぎてゆく時のいかに早いことか。

とくに一年生のときは時間がとても早くすぎていくように思えたものです。

入学して学校がはじまったと思ったら、すぐに休校。みんなと勉強したり遊んだりできないうちにすぐ夏休み。

ゆみちゃんの楽しみはおじいちゃんの家ですごすことくらいでした。そして、この年の冬休みにはこんな句もつくりました。

〈やきいもはたべてるうちにさめてきた〉

「これって俳句なの？」と、おじいちゃんに聞かれてしまいました。

季語＝冬の日（冬）、冬の休み（冬）

山ねむるゆくえふめいの女の子

二〇一九年九月、山梨県のキャンプ場で遊びにきていた当時小学校一年生の女の子が、行方不明になりました。その当時、山の中や川で、多くの人たちが女の子を捜していました。

このとき、ゆみちゃんも学校は違うけれど、同じ市内に住んでいました。毎日、テレビからはニュースが流れていました。学校でも先生が遊びに行くときの注意などを話してくれました。

夏が終わり、秋から冬になっても女の子は見つかりませんでした。

これは、そのことを詠んだ句です。

「山ねむる」は冬の季語。冬の山の静まりかえった様子をあらわす言葉です。ゆみちゃんは、同じ年ごろの女の子が行方不明になったことに、ちいさな心を痛めていたのでしょう。

この季語にその気持ちがよくあらわれています。

その後、ゆみちゃんは教会の集会で、行方不明になった女の子のママのお話を聞きました。

俳句にまで詠んだ、同じ年ごろの女の子への思い。そんなゆみちゃんだから、仲良しになった友だちをとても大切にします。大の仲良しは〝あーちゃん〟。

『友じょうとはなにか』という作文があります。そのなかでこう書いています。

《友じょうとは、友だちがおたがいに信じ合って、心の中でいつもはなれないでいる気持ちのことだと思います。

もし、どちらかが引っこしても、いつまでもわすれないとちかい合っています。》

季語＝山ねむる（冬）

あき出水わたしのくらしのせいかしら

日本各地に大雨が降り、川が氾濫して家が流されたり、水に浸かったりしていました。

「ね、じっちゃん。地球温暖化って何？」

テレビのニュースで何度も聞く「地球温暖化」という言葉にゆみちゃんは興味を持ったようです。

「じゃ、いっしょに調べようか」

おじいちゃんと二人でパソコンに向かいました。日本の大雨だけではありません。世界で「気候変動」が原因で起きているさまざまな事実を知りました。

海に沈んでしまう島や、徐々に溶けていっている南極の大氷山。また、東京の街の広さ以上の山が燃えてしまうアメリカの山林火災、街をすっかり破壊するハリケーン。

これら大災害を引き起こす気候変動の原因が「地球温暖化」なのです。

「じゃあ、なぜ地球は温暖化になるの？」

原因のひとつは私たち人間の生活によって出る二酸化炭素だということがわかりました。おじいちゃんの家に行くのに自動車に乗ることも、好きなアイスクリームを冷やすのに使う冷蔵庫から出るガスも、お菓子を食べたあとの袋がゴミとなり、それを燃やすために出る煙なども原因です。テレビを見ることだってすべてが地球温暖化につながっている。

それが大きな災害を引き起こすことになるのだと知って、とても驚きました。

それってわたしのせい――。洪水のことを調べると、『歳時記』に「秋出水」がありました。秋の集中豪雨や台風のために河川の水かさが急に増し、せきを越えてしまうことをいうのです。

最近はテレビのニュースで「線状降水帯」という言葉も知りました。
夏、真っ青な空にわいている大きな入道雲が、短い時間にたくさんの雨を降らせて、あちこちに洪水や地すべりを起こしていることも。

三年生になって、考えることが多くなりました。

季語＝あき出水（秋）

九人に一人うえてるお正月

最近、はやり言葉にもなっている「ＳＤＧｓ」に興味を持ったゆみちゃん。「持続可能な開発目標」って何のことかさっぱりわからなかったけれど、十七の達成すべき目標をひとつひとつ見ているうちに、とくに興味をひかれたのが「貧困をなくそう」と「飢餓をゼロに」という項目。

さっそくおじいちゃんとインターネットで「飢餓」について調べると、世界には八億二千万人もの人が飢えていると出ています。あまりの数字の大きさにピンとこないゆみちゃんに、おじいちゃんが「九人に一人の割合だって」と言いました。

おばあちゃんがつくってくれるおせち料理やお雑煮を食べられない人もいるんです。それを食べられる自分はなんて幸せなんだろう。いつも残さずに食べているゆみちゃんですが、この句を詠んでからはもっと「食品ロス」に気をつけるようになりました。

もうひとつ気になることがありました。それは目標の五つ目の「ジェンダー平等を実現しよう」でした。

ある日、親戚のおじさんが遊びにきたときのことです。ゆみちゃんは舞妓さんの話をしているとき、思いきっておじさんにそっと聞いてみました。

「ね、男の子でも舞妓さんになれるの？」

「どうしてそんなこと聞くの？」

「あのね、男の子で舞妓さんになりたいって子がいるの」

「そうか。うん、男の子だってなれるよ。みーが大きくなって舞妓さんになるころには、きっと男の子だって舞妓さんになれるよ」

このときゆみちゃんは「ＬＧＢＴ」という言葉を使いました。

「その子はみーに告白したんだ。勇気のあるえらい子だね」

ゆみちゃんは、にっこりして外に駆けだしていきました。

季語＝お正月（新年）

てぶくろにかくすアトピーきずの指

アレルギー体質のゆみちゃん。スギやブタクサの花粉に反応してしまうだけでなく、食べ物ではナッツ類やほとんどの果物に反応してしまいます。春になると、手の指のほとんどに傷ができてしまいます。見るからに痛そうです。

お医者さんには手袋をするように言われていますが、特別な子に見られるのが嫌で、学校にはしていきたくないと言います。ずいぶんとつらい思いをしているだろうと、お父さんやお母さんはもちろん、おじいちゃんもおばあちゃんも心配しています。

ゆみちゃんも、その思いをこの句に詠み込みました。

このときに短歌もつくりました。

こおらす手エルサはかくす手ぶくろに私は指のアトピーかくす

「朝日歌壇」永田和宏選

エルサとはもちろん、ディズニーのアニメ『アナと雪の女王』のエルサですね。

最近は妹のあまねちゃんも俳句を詠むようになって、こんな句を詠みました。

ふゆばれやはやくよくなれあねのきず

この句を見せられたとき、ゆみちゃんはとても嬉しそうでした。

あまねちゃんが詠んだ俳句は「相聞歌」だと、おじいちゃんは思いました。

相聞歌とは、昔、男女がお互いにその恋心を歌ったものをいいます。また、親と子、兄弟、友だちへの親愛の情を表すものでもあったのです。

あまねちゃんの、おねえちゃんへの思いはちゃんと届きました。

季語＝てぶくろ（冬）、ふゆばれ（冬）

冬ゆやけ電車来るまであと二分

ゆみちゃんが四年生になるまでに電車に乗ったのは、たった一回だけ。幼稚園の遠足で動物園に行ったときだけです。

おじいちゃんの家には電車で行く方法もあるのですが、お父さんか、おじいちゃんの車で行くのでなかなか電車に乗るチャンスがないのです。

「電車に乗ってクリスマスイルミネーションを見に行こう」

おじいちゃんの思いがけない提案にゆみちゃんは大喜び。切符を買うのも自動改札機を通るのもはじめて。ホームのベンチに腰をおろして電車を待ちます。

「まだかなぁ。あと何分？」

徐々に暗くなり始めた線路の向こうを眺めると、大きな夕焼けが見えました。そのなかを走って来る電車の姿がどんどん大きくなってきました。

季語＝冬ゆやけ（冬）

かくされた色えんぴつやつゆの空

舞妓さんになる夢のほかに、ゆみちゃんのもうひとつの夢が、イラストレーター。蒸し暑い梅雨の日のことでした。下校の準備をしていたときに、ランドセルのなかにしまっておいたはずの色鉛筆がなくなっていることに気づきました。十二色の大事につかっている色鉛筆です。教室のなかをすみずみまで探したのに見つかりません。みんなが帰ってしまったあと、先生も手伝って探してくれたのですが見つかりませんでした。

その思いが「かくされた色えんぴつや」の「や」に込められています。

「や」は切字といって、他にも「かな」「けり」などがあります。この切字は、自分の気持ちや物事を強くあらわすときに使います。（118ページ参照）

誰かイタズラをして隠しちゃったのかなぁ……。

しょんぼり帰るゆみちゃんの心もかくされた色鉛筆も、いまにも降ってきそうな梅雨空の下にあるようです。

季語＝つゆの空（夏）

ぬかるみにかいろ落ちてる通学路

ＬＩＮＥの画面に姉妹の嬉しそうな顔が並んでいます。

「あまねの俳句が日曜日の新聞に載るって。今日、新聞社から電話があったよ」

ゆみちゃんの声が弾んでいます。冬休みから俳句をはじめたあまねちゃんが詠んだ十四句のなかの一句です。

シャボン玉冬にとばせばあたたかい

「いまはどんな気持ちですか？」

ゆみちゃんのあまねちゃんへのインタビューがはじまりました。

「とっても嬉しいけど、新聞に載るのは恥ずかしいです」

「これからどんな俳句を詠みたいですか？」

「登校や下校のとき、お休みのときにいろんなことを見つけたいです」

このあと、ゆみちゃんはしばらくおじいちゃんと話をしました。

「学校が忙しくて、朝は走っているし。みーは〝見たり聞いたりカタツムリ〟なんかじゃないよ。下向いて忙しくしているからアリみたい」

最近、おじいちゃんは気づいています。ときどきゆみちゃんと電話で話をしているときに、俳句の話を持ち出すと突然、電話が切れてしまいます。

おじいちゃんは、ゆみちゃんの気持ちがわかるような気がして、そして、ちょっぴり反省もしました。

「忙しいときは無理に俳句をつくらなくてもいいんじゃない」

朝の通学路、「ぬかるみに落ちたかいろ」に心を揺らすゆみちゃんです。そんな感性が嬉しくもありました。

季語＝かいろ（冬）

かみあらうだれかにあげるためのかみ

ゆみちゃんは最近、とても髪(かみ)の毛(け)を気にしているようです。だいぶ長くなってきたし、ずいぶん女の子らしくもなりました。

舞妓さんになるために伸(の)ばしているのかな――おじいちゃんはそう思っていました。

ところが、俳句のほかに短歌も詠むようになって、二首目に詠んだ歌を見て驚きました。

なんびょうでかみぬけおちる人のためのばしはじめて五ケ月のかみ

「朝日歌壇」永田和宏選

舞妓さんになる日のためでなく、がん治療(ちりょう)などの闘病(とうびょう)で髪の毛が抜(ぬ)け、ウィッグをつけなければならない子どもたちのために伸ばしているというのです。

「ヘアドネーション」――寄付された髪の毛で医療用のウィッグをつくり、それを事故や病気で毛髪を失った子どもたちに無償で提供する活動のことです。

おじいちゃんははじめて知りました。そして、感心しました。

いつの間にか、ゆみちゃんは自分の思いをしっかりと言葉で伝えられる少女に育っていたからです。

ゆみちゃんは四月から伸ばしはじめたそうです。三十一センチを超えると寄付できるとか。小学校を卒業するときにカットすると決めています。

見ず知らずの誰かの幸せを願いながら伸ばす髪――もう何センチになったのかしら。

季語＝かみあらう（夏）

かなしみにふけばとばないしゃぼん玉

この句はゆみちゃんの「わたしの好きな三句」のなかの一句です。
この句について、こう書いています。

《これは悲しいときにふいたシャボン玉をよみました。普通のときはシャボン玉は上へ上がるけれど、悲しいときはシャボン玉は上がらない気がしたし、自分の気持ちも重いと感じました。》

どんな悲しいことがあったのか、おじいちゃんも知りません。

季語＝しゃぼん玉（春）

第五章　希望　いいことがあるかな

少女の目には世界が映っています。

たとえそれが大人たちの見る風景とはちがっていても、

たしかに世界は見えているのです。

いいことがあるかな秋のひでり雨

「日照り雨」とは、日が照っているのに降る雨のことです。「天気雨」とか「狐の嫁入り」とも言われます。ゆみちゃんは、秋の澄んだ空気のなかを日にキラキラと照らされながら落ちてくる雨を見て、何かいいことがあるかなと思ったのです。

日本には雨にまつわる言葉が四百近くあると言われています。「遣らずの雨」や「私雨」などがそうです。また、雨に関する気象用語、方言など約千二百語を集めた辞典も編まれています。

雨に関する季語は、花の雨、卯の花腐し、慈雨、初時雨など五十近くもあります。世界中どこを探しても、こんなにも雨の降りかたの違いを細やかに見分ける国はないでしょう。

ゆみちゃんも、成長するにつれて秋の雨には「秋驟雨」「秋時雨」などの季語があることを知り、その降りかたの違いにも気づいていくことでしょう。

季語＝秋のひでり雨（秋）

ウクライナに行かねばならぬサンタさん

この句もゆみちゃんの「わたしの好きな三句」のうちの一句です。

ゆみちゃんのなかで「戦争」が大きな心配や不安の種になっていることがうかがえます。

二〇二二年にはじまったロシアによるウクライナ侵攻は、少女の心を同じ年ごろの外国の子どもたちへ寄せる思いであふれさせています。

ウクライナのサンタさんは子どもたちにプレゼントを配りたくても、爆弾の降るなかでは配れないのではないだろうか。

「行かねばならぬ」のは、サンタさんばかりでなく「わたし」もです。

ゆみちゃんは、戦争がはじまってすぐにつぎのような句を詠みました。

〈次ページにつづく〉

こうえんにささるばくだん春の雪

おじいちゃんの家の近くにある公園で、ゆみちゃんはいつもブランコ遊びをします。このとき、ゆみちゃんの想像力（そうぞうりょく）ははるかウクライナの公園にまで飛んでいました。楽しいはずのクリスマス。

プレゼントまつミサイルの冬の中
クリスマス命あるのがプレゼント

季語＝サンタさん（冬）、クリスマス（冬）

ねむれないきつねとうさぎウクライナ

絵本が好きなゆみちゃんですが、最近は『鬼滅の刃』を小説で読んだり『10歳からの考える力が育つ20の物語』なども読むようになりました。ウクライナの戦争で心を痛めているゆみちゃんはこんな句をつくりました。「ねむれない」のはいつ飛んでくるかもしれないミサイルのせいで冬眠もできないということです。ではなぜ、「きつねとうさぎ」なのでしょう。

ゆみちゃんは、ウクライナの民話を元にした有名な絵本『てぶくろ』を思い浮かべていました。おじいさんが森の中に忘れたてぶくろに、カエルやウサギ、キツネが次々と入っていきます。しまいには大きなクマまで……。その戦争のために眠れないでいる動物たちと同じ気持ちになって、早く戦争が終わってくれることを祈っているのです。

季語＝きつね（冬）、うさぎ（冬）

家の中にいれてあげたいチューリップ

春の嵐が吹き荒れました。花壇に咲いているチューリップが右に左に倒れそうになっています。家のなかにいれてあげなきゃ。

やさしくするのはチューリップだけじゃありません。

ゆみちゃんの二年生のクリスマスの日の日記には、こう書いてあります。

《十二月二十五日

朝起きてすぐ、一かいにおりて行きました。

なぜかというと、プレゼントをとどけてくれるサンタさんにはおれいのおせんべい、トナカイさんにはにんじんをおいておいたからです。

みあたらなかったのでうれしかったです。》

ゆみちゃんはサンタさんにお礼の手紙も書いたそうです。何を書いたのかは教えてくれませんでした。トナカイにニンジンという発想は『アナと雪の女王』のスヴェンとオラフからなのかなぁ。おじいちゃんはそこまで考えてやめました。

だって、ゆみちゃんの心の中をのぞいてはいけません。サンタさんにお礼の手紙を書き、お腹がすくだろうとトナカイにニンジンを置いた、ゆみちゃんのやさしさを大切にしようと思ったからです。

黙っていても少女は大きくなっていきます。

季語＝チューリップ（春）

春 つれてママが成田におりてくる

海外に住むもう一人のおばあちゃんは、お母さんのお母さん。そのおばあちゃんが病気でＩＣＵ（集中治療室）に入ったと連絡がきました。お母さんはすぐに飛行機に乗りました。

「パパのいうことを聞いて、おとなしくしているのよ」

十二日間もお母さんがいないのです。そのあいだ、おばあちゃんとおじいちゃんが交代で家に泊まりにきてくれて、二歳のりくちゃんの面倒を見て、ゆみちゃんとあまねちゃんのごはんをつくってくれました。

ゆみちゃんとあまねちゃんは同じ部屋に寝ます。だからゆみちゃんは知っています。あまねちゃんが布団のなかで「ママに会いたいな」とつぶやいていることを。

「ゆみは、おねえちゃんでしょ――」

いつもならお母さんのこんな言葉に口をとがらせたゆみちゃんですが、いま、頭のなかに同じ言葉が聞こえてきそうな気がしました。わたしがしっかりしなきゃ……。

眠っている間、ゆみちゃんは妹の手をしっかりにぎってあげていました。

学校から帰ってきてもママの「お帰り！」の声が聞こえない十二日間でした。

「ママが、無事に帰りの飛行機に乗ったって」

お父さんの声も弾んでいました。二階の窓から見える水田のあぜ道には、うっすらと緑の草がはえ始めています。

「行ってきまーす！」

登校するゆみちゃんのあとをあまねちゃんが追いかけます。

「卒業式はマスクなしで――」

テレビのニュースが言っていました。

第六章　子どもは誰でも俳人(はいじん)です

―― 加藤(かとう)　宙(ちゅう)

お父さん、お母さん
おじいちゃん、おばあちゃんに
読んで教えてもらいましょう。

「俳句」とはなんでしょう

俳句を鑑賞したり、自分でも詠んでみたいと思ったりしても、どう鑑賞したらいいのか、どうしたら俳句がつくれるのかがわからない――。

そう、何事にも〝決まり〟というものがあります。その決まりを知らなければ、俳句を鑑賞したりつくったりすることはできません。

ゆみちゃんも、最初はこの決まりを知りませんでした。でも、おじいちゃんと一緒に俳句をつくっていくうちにその決まりをおぼえると、だんだん俳句をつくることが楽しくなってきました。

一　「形式」……五七五のリズム

「知っている俳句をひとつ挙げてください」と言われたら、はたしてどんな俳句が思い浮かぶでしょう。

古池や蛙飛び込む水の音（松尾芭蕉）

流れ行く大根の葉の早さかな（高浜虚子）

やれ打つな蠅が手をすり足をする（小林一茶）

　などと一緒に、

柿くへば鐘が鳴るなり法隆寺（正岡子規）

　これらの俳句を一度くらいは耳にしたことがあるでしょう。

これらが耳に残っていた大きな理由のひとつは、俳句の持つリズム（音律）にあります。

ゆっくりと声にだして読んでみるとわかります。

　たとえば正岡子規の句なら、

「柿くへば」五音

「鐘が鳴るなり」七音
「法隆寺」五音

この計十七音が心地(ここち)よいリズムを刻(きざ)んでいます。他(ほか)の句も同じようにつくられています。つまり、俳句であるためには五七五の定型(ていけい)がリズムをもって並(なら)べられている必要(ひつよう)があるのです。

二 「季語」

俳句には、五七五の十七音のなかに原則(げんそく)として「季語」がふくまれていなければなりません。季語とは、春夏秋冬(しゅんかしゅうとう)などの季節(きせつ)を表す言葉のことです。

では、前の俳句のなかで季語は何でしょう。

「古池や……」季語は「蛙(かわず)」。季節は春。（「蛙」はカエルのこと）
「やれ打つな……」季語は「蠅」。季節は夏。

「柿くへば……」季語は「柿」。季節は秋。
「流れ行く……」季語は「大根」。季節は冬。

ゆみちゃんも俳句を詠み始めたときは、この季語をまったく知りませんでした。

ある日、ゆみちゃんの歯が抜けてしまったことがありました。電話でおじいちゃんにそのことを報告しました。

「じっちゃん、歯が抜けたよ。で、屋根に投げたの」

おじいちゃんはその話がおもしろいと思いました。

「屋根の近くには何か見えるかな？」

「白い雲」

「お空には雲だね。屋根のところには他に何がある？」

「こいのぼり！」

こうしてできた句が、

「ぬけたはをやねになげたよこいのぼり」でした（12ページ）。

この句の季語は「こいのぼり」。季節は夏です。

これらの季語が集められた本が『歳時記』で、俳句を鑑賞したり詠んだりするときになくてはならないものなのです。

『歳時記』は、本棚に置いておくような大判のものから、俳句を詠むために出かけるとき持って歩けるような小冊子までたくさんあります。

ゆみちゃんもおじいちゃんに買ってもらいました。

三 切字

「季語を含む五七五」（十七音）＝「俳句」。

俳句とは何かという問いにはこれで十分ですが、もっと楽しむためには俳句独特の「切字」という技法を知る必要があります。たとえば前の句でいうと、

「古池や蛙飛び込む水の音」では「や」が切字ということになります。

この切字にはどんな効果があるのでしょう。

この句を声に出して読んでみるとわかります。「古池や……」で一呼吸置きませんか。

このとき「や」が「間」を作っているのです。切字と言うとおり、文を切っているのです。

そのために下に続く「蛙飛び込む……」とのあいだに「間」ができます。

これが「古池に……」では「間」は生まれません。つまり、この切字によって、この俳句を読んだ人は「あぁ、蛙が水音をたてて飛び込んだ。古い池なんだなぁ」と、古池の静けさを強く印象づけられるのです。

「流れ行く大根の葉の早さかな」では「かな」が切字です。

畑で抜いた大根の泥を小川の水で洗い流している光景が目に浮かびます。大根の葉っぱがちぎれて流れていく。ずいぶん早く流れていくなぁ……。その思い（感動）が、この「かな」という切字によって強められているのです。

切字には「や」「かな」「けり」などの他に「もがな」とか「らん」「よ」などたくさん

あります。

切字を使うことはそんなにむずかしいことではありません。俳句をたくさん鑑賞したり詠んだりするうちに自然と身についてくることでしょう。

四　何を詠むか

――そう言われても、俳句で何を詠んだらいいかわからない。

とおっしゃる方がいますが、極端に言えば、なんでもいいのです。五七五の定型に季語を入れたものであれば。

でも、わずか十七音のなかにたくさんのことを盛り込むことはできません。そこで、詠みたいものの中心にするのが、心の動き「感動」です。

心はどんなときに動くでしょうか。

朝起きると鳥の鳴き声が聞こえてきます。炊きあがったごはんの匂い。トントンと台所から聞こえる包丁の音。冬に蒔いておいた花の種が、春になって庭にキレイな花を咲かせてくれた——日々の暮らしのなかに見つかるものはたくさんあります。

それらに心を揺さぶられたとき、その心の動きを五七五の言葉にしてみる。

ばあちゃんのおそばがうまいかぜすずし（16ページ）
こくどうにぞうきんみたいなたぬきかな（62ページ）
日やけしてまいこはんにはなれまへん（80ページ）

おばあちゃんが作ってくれた手打ちのお蕎麦、国道で車にひかれていたタヌキ、夏のプールで日焼けして真っ黒になっちゃった——。

楽しいこと、悲しいこと、悔しいこと。どんな小さなことにだって心が動きます。

そう、子どもは誰でも俳人なのです。

かとうゆみ　「朝日俳壇」入選句

※下記は選者名
敬称略

令和三年

こくどうにぞうきんみたいなたぬきかな　高山れおな
はるちかしこれがさいごのせきがえか　高山れおな
しにかけたみみずにかかれ春の雨　長谷川櫂
かーてんのうらにあたたかかくれんぼ　高山れおな
はしりおえマスクにもどるうんどう会　高山れおな
ゆっくりと見たり聞いたりカタツムリ　高山れおな一席・長谷川櫂　共選

いそいでるわたしのくつで虫がしぬ　高山れおな
虫の足はこんでいくよありの足　高山れおな
ぬけたはに秋かぜ出たり入ったり　長谷川櫂

令和四年

九人に一人うえてるお正月　長谷川櫂

冬の日や今がおちてく砂時計　高山れおな

にくきゅうのよろこんでいる春の土　高山れおな

かなしみにふけばとばないしゃぼん玉　小林貴子

かくされた色えんぴつやつゆの空　高山れおな

すず虫をだいて下校の三連休　高山れおな・小林貴子　共選

もがいてるみみずをそっとおく日かげ　高山れおな

令和五年

ぬかるみにかいろ落ちてる通学路　高山れおな

白いねこ黒ねこ黄ねこ春のねこ　高山れおな

委員長（いいんちょう）にえらばれましたはつがつお　高山れおな

かとうゆみ　おもな俳句作品

令和二年

いもうとにもうすぐあえるチューリップ
ぬけたはをやねになげたよこいのぼり
かれんだあはんぶんだけのなつやすみ
ばあちゃんのおそばがうまいかぜすずし
はかまいりみんなげんきにしています
しんじゃったいぬがきたんだくろあげは
みずあそびかけられたからやりかえす
なつのくもコロナウイルスやっつけろ
かみなりやつくえのしたでダンゴムシ

かとうゆみ　おもな俳句作品

あききたるしきしにはいくかいている
そうぞうをたのしくおもうなつのくも
びょういんでぱんつまるみえなつやすみ
いなびかりびっくりまあくがすっとんだ
じょうざいをのんでにがくてかみなりだ
かぶとむしわたしにしがみつかないで
なつやすみおわったむしがないている
学校のはじまる朝に秋の雨
こくどうにぞうきんみたいなたぬきかな
すっきりとこころおちつくおおみそか
げんかんにあおさのにおうおかざりを

令和三年

はるちかしこれがさいごのせきがえか
せきがえやせんせいちかしはるちかし
しんきゅうすピカピカでない学年へ
しんきゅうしあそべぬゆうぐふえていく
しにかけたみみずにかかれ春の雨
かーてんのうらにあたたかかくれんぼ
かーてんのうらにかくれてあたたかし
かばのせにはりつくさくら五六まい
花の下ではとをいじめるおねえさん
いんせきでちきゅうめつぼう四月バカ
はしりおえマスクにもどるうんどう会

かとうゆみ　おもな俳句作品

びょういんのくすりもらえばあたたかし
ゆっくりと見たり聞いたりカタツムリ
ねっちゅうしょうなるのはいやだ水かけよう
はじめてのスマホかけるぞ夏の雲
はじめてのスマホで電話せみの声
とびうおになれたらいいなスイミング
夏の海わたしの名前に光ってる
花火きえ前よりやみがこくなった
きょうふうで朝がおのはちおひっこし
ふりむけば大きなバッタついてきた
虫の声大きくなってせみこいし
天高し今日からするぞダイエット

まどのせみ二日とまってさってゆく
しんでいるせみのこころは空の上
うつせみのめだまがみてるだいうちゅう
みんみんぜみしにたくないとないている
ごせんぞをつれてきましたはかまいり
のどのおくつるつるすべるひやそうめん
とうもろこしあまいみずとつちとおひさまだ
ひぐらしやしあわせだった一か月
あき出水わたしのくらしのせいかしら
こう水やみんなの町をながしてく
赤ちゃんはないてかわいい青みかん
さつますきまだまだにがてかぼちゃかな

かとうゆみ　おもな俳句作品

「たのんだぞ」せみから虫へタッチする

はいくの日いいさくひんを作るのだ

母がいない心が細くなった秋

えだまめはママのおっぱいみたいだな

母と父がかえってしまった秋のせみ

パパママりくちゃんにあえたひまわりだ

さわやかかやかぜがかあてんもちあげる

いそいでるわたしのくつで虫がしぬ

しがみつくセミのぬけがらつゆひとつ

マスクする水えいコーチそぞろさむ

さつまいもこれで一日がんばれる

いいことがあるかな秋のひでり雨

友だちがあそびに来るぞいわし雲
かなかなやいじめられてる一年生
水たまり向こうも秋のせかいかな
秋のせみいのちのちょうしがわるいのか
ママのふむ毛虫みどりのなみだかな
かみのけをきってさっぱり秋あつし
まえがみをきったのになあ秋あつし
友だちにおいていかれた秋の夕
のぼりぼうせみになってるきもちかな
うろこぐもぱぱのけーきをかいにいく
まんげつは夜の太陽みたいだな
いもうとのおした青虫おしっこす

かとうゆみ　おもな俳句作品

虫の足はこんでいくよありの足
ベッドにて「きめつのやいば」秋ともし
さわやかやいもうとはしるしんけんに
ぬけたはに秋かぜ出たり入ったり
あさがおのはずれたつるをまきなおす
おはらいにしあわせばっさばさ七五三
冬の日によむ「ちいちゃんのかげおくり」
りんりんとしょうぼうじどうしゃふゆのよる
ぜんいつのあたまみたいだだてまきは
やきいもは大ばん小ばんのあまさかな
にじゅうとびとべたらかぜのおとがする
ふゆの空ぐるりとまわるまえまわり

いもうとをむかえにいくぞ冬のみち
まつきよにはじめておつかいさむいかぜ
すべりだいも冬の休みもはやかった
あかちゃんがいいゆめ見てるふゆのほし
かれたはが空にのぼって白いくも
まどの外せんたくもののいき白し
じっちゃんのむねにとびこむしわすかな
じっちゃんとれいわ三年冬休み
冬の日や今がおちてく砂時計
風車ふくもはしるも回らない
ゆうきくんわたってくるかな冬の虹
一年生と手をつなげないかんげいかい

令和四年

九人に一人うえてるお正月
きゅうあいのいき白くしてつるがまう
冬の日のいかりは赤いチョコレート
妹へのくやしさこもるふとんかな
はつゆめやビッグアロハにわらいけり
妹といとこと遊ぶはつゆかな
妹の一人立ちするひたきかな
ゆにとかすフロントグラスはつごおり
はるの海どんなせいかくしているの
そつぎょうせいもうおしえてもらえない
てんこう生つよいうるさいかぶと虫

こうえんにささるばくだん春の雪
リコーダーの音色にゆれるチューリップ
はじめてのリコーダーちゅーりっぷふいた
わざとふむありのいのちがもったいない
フレンチトースト春のけしきみたい
にくきゅうのよろこんでいる春の土
すべりだいのてっぺんに見る春の風
うさぎにもふませてみたい春の土
ギブアップ三回続く春さむし
家の中にいれてあげたいチューリップ
じっちゃんのパソコンわった四月ばか
きがかりな妹入学しきまぢか

かとうゆみ　おもな俳句作品

みちばたにじゃれあっているつくしかな
家をとびだしたくなったらブランコ
かれえだのおれたみたいにくすりゆび
あかみトロまぐろ大すき回ってこい
かなしみにふけばとばないしゃぼん玉
かくされた色えんぴつやつゆの空
ほおずきや「ちかんちゅうい」の暗い道
日やけしてまいこはんにはなれまへん
もがいてるみみずをそっとおく日かげ
なめくじの食べたトマトはおいしそう
夏休みそろわぬルービックキューブ
えんてんやコロナけんさのようせいに

ミニトマトもうすぐおしりが赤くなる
かまきりがおんぶしたいとかまをふる
むしされた気もちとかげのしっぽかな
ふろあがりへそのあたりに風すずし
もえさかり力つきたる花火かな
ねっぷうや空の上からドライヤー
みまもっていてくださいとはかまいり
からすいるごみしゅうしゅうじょ秋あつし
草取りやちきゅうのむこうとひっぱりっこ
ピーナッツ食べたいわたしアレルギー
からの中けんかしているピーナッツ
かぜの日にひこうきぐもや早退す

かみあらうだれかにあげるためのかみ
すず虫をだいて下校の三連休

令和五年

冬みんのできないへびやウクライナ
ねむれないきつねとうさぎウクライナ
クリスマス命あるのがプレゼント
山ねむるゆくえふめいの女の子
たいやきを手にのせママを思い出す
冬ゆやけ電車来るまであと二分
がじょう書く会えぬいとこに会えるよう
年のくれひっくり返ったきゅうきゅう車

ウクライナに行かねばならぬサンタさん
じっちゃんのせなかをあらうはつゆかな

あとがき

微笑みに虹を残して子の眠る

我が家の居間の壁に一枚の賞状がかけてあります。

二〇一四年、「朝日俳壇賞」をいただいたときのものです。

その賞状に書かれた私の俳句を見て、その句が自分のことを詠んだ句であることを知った、当時六歳の孫は喜びました。何が彼女の心にひびいたのでしょう。一緒に俳句をつくりたいと言ってくれたのです。


それから春休み、夏休みとわが家に遊びにくるたびに二人三脚（ににんさんきゃく）で俳句をつくりつづけました。もちろん、始めたころは俳句とは言えないものが多かったのですが、〝祖父（じじ）バカ〟とはこのことで、彼女より、こちらのほうが夢中になってしまったものです。

そのうち、孫のつくる句と私の句が俳壇に同時に入選できたら……。

そんな夢みたいなことを考えるようになりました。

つくりはじめて十か月後、ポストに手を合わせて一緒に投稿したゆみの句（たぬき、62ページ）が、初めて「朝日俳壇」に入選し、そして、その一年半後には私とゆみの俳句が同時に選ばれたのです（朝日新聞二〇二一年八月八日付）。

ゆっくりと見たり聞いたりカタツムリ　（高山れおな、長谷川櫂選）
山ひとつ海に流して梅雨明ける　（長谷川櫂選）

俳句詠みのジイジとしては、これ以上の幸せはありませんでした。

でも、子どもの興味はその成長とともに変化していきます。一時期は「舞妓（まいこ）はん」になりたいと言っていた夢も、いまは「スクールカウンセラー」。その先にはどんな未来が待っているのか……。いつまで俳句を詠み続けてくれるのか、誰にもわかりません。

ただ、そんなジイジの心のうちを思ってか、孫は、こう言ってくれています。


「わたしはほかの人とちがって、ゆっくり歩いてないと見えないことがあるの。ゆっくり歩いていると発見できることがある。発見することが好きなわたしだから、俳句をつくることはわたしに合っていると思う」


書くほどに祖父バカは募(つの)ります。

ただ、私の孫だけが特別なのではありません。

子どもは誰も俳句を詠む才能を持っているのです。生まれながらにして俳人であり詩人なのです。俳句にかぎらず、話し言葉や書き言葉を生き生きと使う能力が備わっています。

大人はその子どもの独特の見方や考え方を見逃したり否定したりせず、きちんと受けとめてあげるだけでいいのです。

そして、言葉をていねいに投げ返してあげる。この簡単なキャッチボールの繰りかえしのなかで生まれる言葉がある。それが詩であり俳句であると言っていいでしょう。

今回、孫との共著という形で本書ができたことは望外（ぼうがい）の喜びです。

最後になりましたが、執筆の間ずっと、孫のゆみと私を励ましてくれた多くの方々に感謝を申し上げます。

二〇二三年八月

加藤（かとう） 宙（ちゅう）

かとう・ゆみ◎千葉県内の小学校四年生。祖父の勧めで俳句を六歳から始め、小学生ながら朝日俳壇で何度も入選を果たす。いまや朝日俳壇に入選する数少ない小学生。将来の夢は、スクールカウンセラー。好きな食べ物は、寿司、ばっちゃんの蕎麦、じっちゃんのオムライス。

加藤 宙（かとう・ちゅう）◎1943年、茨城県生まれ。66年茨城大学教育学部卒業。同年、教員生活に入り小学校教諭から大学の非常勤講師まで務め、89年、インドネシアのスラバヤで日本人学校教頭に。帰国後、小学校校長、中学校校長などを務め、退職後も幼稚園園長や教育に関わる仕事に携わる。幼稚園から大学まで全学校教育段階の指導、小1から中3までの担任を経験。俳句については、2007年から作句、「朝日俳壇」に投稿。「頷かぬ眼の真直に鳥交る」の句が金子兜太選で初入選。14年、「微笑みに虹を残して子の眠る」で第30回「朝日俳壇賞」受賞。短歌では18年、平成29年度「NHK全国短歌大会」特選に。「朝日俳壇」入選55句、「朝日歌壇」入選28首。

六歳の俳句　孫娘とじっちゃんの十七音日記

2023年9月30日　初版1刷発行

著　者　かとうゆみ、加藤宙
発行者　三宅貴久
発行所　株式会社 光文社
〒112-8011　東京都文京区音羽1-16-6
電話　編集部　03-5395-8147
　　　書籍販売部　03-5395-8112
　　　業務部　03-5395-8125
URL　光文社　https://www.kobunsha.com/
組　版　萩原印刷
印刷所　萩原印刷
製本所　ナショナル製本

落丁本・乱丁本は業務部にご連絡くだされば、お取替えいたします。

R <日本複製権センター委託出版物>
本書の無断複写複製（コピー）は著作権法上での例外を除き禁じられています。本書をコピーされる場合は、そのつど事前に、日本複製権センター（☎03-6809-1281、e-mail : jrrc_info@jrrc.or.jp）の許諾を得てください。

本書の電子化は私的使用に限り、著作権法上認められています。ただし代行業者等の第三者による電子データ化及び電子書籍化は、いかなる場合も認められておりません。

© Yumi Kato、Chu Kato 2023 Printed in Japan
ISBN978-4-334-10057-5

巻末付録「わたしの俳句帖」の使い方

※おとなに、よんでおしえてもらってください。

左のページにある、キリトリ線に沿ってハサミなどで切りとってみてください。切り取ると、七夕の短冊のような形になりますので、そこに、思いついた俳句などを実際に書いてみてください。

本を切ってしまうのに抵抗があるという方や、いくつも句が浮かんでとてもページが足りないという方は、左のページを普通の紙にコピーしていただいて、その紙を切って、お使いください。

俳句を書いたものが溜まったら、束ねていただければ、それが「あなただけの俳句帖」になります。

また、この下のQRコードからアクセスしていただくと、特設サイトに飛びます。

そこでは、モノクロではなく、カラー版の「わたしの俳句帖」短冊をダウンロードすることができます。QRコードを読み込むと、特設サイトのパスワード入力画面になります。パスワードを入力する画面にいきましたら、「ｈａｉｋｕ６３１」と入力すると、カラー版の短冊が出てきます。

それをダウンロードしていただき、ご家庭のプリンターやコンビニのコピー機などで出力して、あなただけの「俳句帖」にすることができます。お楽しみください。

キリトリ線
キリトリ線

キリトリ線

キリトリ線

キリトリ線

キリトリ線